Geschichten aus unserer Geschichte

aus der Reihe
„Perlen unserer Erinnerung"

Carmen Sabernak

Bibliografische Information der Deutschen Nationalbibliothek:
Die Deutsche Nationalbibliothek verzeichnet diese Publikation in der Deutschen Nationalbibliografie; detaillierte bibliografische Daten sind im Internet über dnb.d.nb.de abrufbar.

Nachdruckverbot
Das Werk, einschließlich seiner Teile, ist urheberrechtlich geschützt. Jede Verwertung ist ohne Zustimmung der Autorin unzulässig. Dies gilt insbesondere für die elektronische oder sonstige Vervielfältigung, Übersetzung, Verbreitung und öffentliche Zugänglichmachung.

Impressum
2015 © Carmen Sabernak, alle Rechte vorbehalten

Herstellung und Verlag:
BoD - Books on Demand, Norderstedt

Satz und Layout:
Nicole Mewes

Bildnachweise:
© Carmen Sabernak und Nicole Mewes - Privatarchiv

ISBN: 9783734769276

Inhalt

Elli

Elli heißt eigentlich gar nicht Elli. Sie heißt Ella, aber das ist kein schöner Name. Findet sie.

Er passt nicht zu einem kleinen Mädchen. Aber es ist der Name ihrer Großmutter. Und Oma Ella, das hört sich gut an.

Und so ist es wirklich gut, dass es die alltagstaugliche Unterscheidung im letzten Buchstaben gibt. Niemand muss grübeln, wer wohl gemeint ist und Elli und Ella fühlen sich wohl mit ihrem Namen.

Manche Dinge sind doch wirklich sooo einfach.

Elli ist ein ganz normales Mädchen. Die Groß-
eltern leben in einer Kleinstadt, sie selbst wächst
mit ihren Eltern in der Großstadt auf. Hier gab es
Arbeit für die Eltern und damit hatte die Familie
keine andere Möglichkeit, als die Heimatstadt zu
verlassen. Die Geschichten, die Elli in ihrer Kind-
heit erlebte, könnte jedes andere Kind auch erlebt haben.

Vielleicht erinnern Sie sich jetzt wieder daran.

Rote Bäckchen mit Lippenstift

S ie war so aufgeregt. Heute Nachmittag sollten sich alle Erstklässler zur Übergabe des
ersten Zeugnisses mit ihren Eltern in der Schule
einfinden.

Die Eltern waren noch einkaufen und Elli trödelte
ein bisschen vor sich hin. Sie hatte sich schon
angezogen, fertig gefrühstückt und war nun im
Bad, um sich die Haare zu kämmen.

Immer sagten alle zu ihr, sie wäre so ein blasses
Kind. Dünn und blass und schüchtern. Sie hatte
Freundinnen, mit denen sie gern spielte, aber sie
merkte doch, dass sie beim Sport nicht immer

gerade als erste in die Mannschaft gewählt wurde. Manchmal war sie sogar die, die übrig blieb. Das betrübte sie schon sehr. Und sie fand sich selbst blass und dünn. Und sie war schüchtern.

Während sie beim Kämmen ihrer Haare dieses blasse Mädchen im Spiegel betrachtete, kam ihr eine großartige Idee. Sie holte den Lippenstift der Mama aus dem kleinen Fach im Badschränkchen. Was für ein schönes Rot.

Sie machte einen Tupf Lippenstift auf jede Wange und verrieb die Farbe. Hm, noch nicht so richtig. Noch ein Tupf auf jede Seite. Schon besser, aber nicht gut. Schauspielerinnen sehen immer viel rosiger aus. Also noch ein Tupf und dieses Mal nicht so zaghaft. Nachdem sie alles schön verrieben hatte, fand sie das Ergebnis recht gut.

Sie holte ihre Schuhe aus dem Schrank und war fertig. Sie konnte sogar noch ein wenig in ihrem neuen Buch lesen, ehe die Eltern wiederkamen.

Sie hatte also gar nicht so getrödelt, wie sie erst dachte.

Elli hatte sich so in ihr Buch vertieft, dass sie aufschrak, als der Schlüssel sich im Schloss drehte. Sie lief ihren Eltern entgegen und wusste, dass sie sich gemeinsam nun gleich auf den Weg zur Schule machen würden. Aber warum sagten ihre Eltern kein Wort? Sie standen mit großen Augen da und schauten sie an, als sähen sie ein kleines Gespenst.

„Was ist denn?", fragte Elli zaghaft. „Ich bin doch schon fertig."

„Was hast Du denn gemacht?", Mama fand als Erste die Sprache wieder. „Du siehst ja aus wie eine kleine Matrjoschka." Wie ein Blitz rannte Elli zum Spiegel. Ach du liebes Lieschen. Die vorhin noch rosa Wangen hatten sich in rote, richtig rote Apfelbäckchen verwandelt. Vor Schreck und Scham kullerten die Tränen. Papa wischte sie ihr mit seinem schönen weichen Taschentuch von den Kullerbäckchen.

Was nun? „Komm mal mit ins Bad", tröstete die Mama. „Wir schauen mal, wie wir das in zehn Minuten wieder weg bekommen." Elli war alles egal. Sie wollte jedenfalls nicht **so** in die Schule. Keinesfalls. Mama schmierte sie mit viel Florena-Creme ein und dann versuchte sie vorsichtig mit Wattebäuschen die überschüssige (und wohl auch überflüssige) Farbe abzureiben.

Es gelang scheinbar, denn ein Wattebausch nach dem andern kam rot gefärbt in den Abfalleimer. Geschafft. Aber was war das? „Ich bin ja immer noch so rot im Gesicht", jammerte Elli. „Ja, das kommt nun aber nur noch vom vielen Rubbeln, Deine Haut ist heute besonders gut durchblutet", lachte der Papa.

Fein, alles war noch einmal gut gegangen und damit war der Tag gerettet. Elli hüpfte fröhlich an den Händen ihrer Eltern in die Schule und nahm ihr gutes Zeugnis mit rosigen Wangen entgegen.

Erinnern Sie sich?

» Waren Sie auch so aufgeregt, als Sie Ihr erstes Zeugnis bekamen?

» Welches war Ihr Lieblingsfach in den ersten Schuljahren?

» Hatten Sie einen besten Freund / eine beste Freundin? Erinnern Sie sich an die Namen?

» Wie sah Ihre Schultasche aus?

» Haben Sie gern gelernt?

Schulbrot-Tausch

Elli ging gern in die Schule. Sie brachte gute Zensuren nach Hause und hatte Freundinnen, mit denen sie am Nachmittag spielen oder lernen konnte.

Was sie gar nicht mochte, waren die Schulbrote für die erste große Pause. Oft verschenkte sie ihre Brote oder vergaß sie in der Mappe.

Weil die Brote nach einigen Tagen in der Mappe nicht mehr genießbar waren und doch immer wieder von den Eltern gefunden wurden, musste es eine Lösung geben. Elli wünschte sich Zwieback mit Butter und geriebener Schokolade für die

Pause. Von nun an wurde kein Brot mehr wegge-
worfen. Ihren Schokozwieback aß sie immer auf.

Der Vater einer ihrer Freundinnen, sie hieß
Conny, war Jäger. Conny hatte während der
Jagdsaison immer riesige Brote dabei. Meist mit
Fleisch oder Leberwurst, manchmal auch mit
Schmalz. Irgendwann wollte Elli doch wieder
einmal ein richtiges Brot kosten und Conny ließ
sie probieren. Auf dem dunklen Butterbrot lag – in
feine Streifen geschnittene – gebratene Leber. Elli
kostete und es schmeckte ihr sogar. „Wollen wir
tauschen?", fragte Conny, „Dein Zwieback sieht
so lecker aus, ich bekomme nie Schokoladenzwieback mit". Elli tauschte. Genüsslich ver-
speisten die beiden Mädchen ihre Pausen-
rationen. Die Eltern hätten sicher nicht schlecht
gestaunt.

Fast jeden Tag gingen die zwei zusammen auf
den Pausenhof und tauschten mindestens eins
ihrer Brote. Was mit dem Schulbrot-Tausch

begann, wurde eine richtige Kinderfreundschaft, die sich später leider aber doch verlief. Unterschiedliche Schulen, verschiedene Wohngebiete, Studium, Heirat und Umzug in eine andere Stadt.

Aber an die Riesenstullen mit gebratenen Leberscheiben kann sich Elli noch heute gut erinnern. Und wenn sie jetzt so darüber nachdenkt, dann kann sie diesen ganz eigenen Geruch von durchgefettetem Butterbrotpapier wieder wahrnehmen und den Geschmack von Brot und kalter Leber wieder auf der Zunge spüren. Ob Conny sich auch an den Schokoladenzwieback erinnert?

Erinnern Sie sich?

» In welcher Stadt / welchem Dorf war Ihre Schule?

» Wie sind Sie dorthin gekommen (Fahrrad, zu Fuss, o.ä.)?

» Was bekamen Sie zum Essen mit in die Schule?

» Hatten Sie eine "Stullenbüchse"? Wie sah die aus?

ᗩer abgerissene ᑕ𝓁eidersaum

Elli war bereits in der dritten Klasse. Sie ging in den Hort, wo es ihr ganz gut gefiel. Ihre Freundinnen spielten am Nachmittag auf dem Schulhof oder machten gemeinsam ihre Hausaufgaben. Am schönsten aber war es, wenn sie zum „Club der Volkssolidarität" gingen und dort den alten Menschen Lieder vorsangen. Der kleine Chor fand sich am frühen Nachmittag im Club ein und die Kinder, aber auch die Rentner, waren „fein" angezogen.

Elli wollte bei einem geplanten Chorsingen ihr schönes Kleid anziehen. Ein Strickkleid, taubenblau, mit kleinen gestickten Blümchen. Das mochte sie sehr. Es war schon gewaschen und lag im Bügelkorb. Mutti sagte allerdings, dass der Saum genäht werden müsse, den hatte Elli sich wohl abgerissen. Ach wie schade.

Der Nachmittag war heran und Elli wollte unbedingt das Kleid anziehen. Sie kramte im Bügelkorb und schaute sich den Schaden an. „Ach, das ist doch gar nicht viel", meinte sie. Man würde das gar nicht bemerken und später würde sie es einfach wieder zurücklegen. Gesagt, getan.

Elli fühlte sich gut in ihrem Kleid zwischen den anderen Mädchen und der Chorauftritt war so schön. Die alten Leutchen hatten ihr Vergnügen, klatschten und sangen mit, oder summten und wiegten den Kopf im Takt. Und Elli stand bei einem Lied sogar ganz vorne, um die Strophen des Liedes allein zu singen, der Chor sang den Refrain dann mit.

Glücklich über den schönen Nachmittag verstaute Elli das Kleid wieder in der Bügelwäsche und nachdem sie ihre kleine Schwester aus dem Kindergarten abgeholt hatte, spielten die beiden noch im Hof.

Die Zeit verging und das Kleid hatte Mutti schon längst wieder genäht.

Viele Wochen später kam Vati von der Elternversammlung. Er hatte Fotos dabei, die bei verschiedenen Veranstaltungen aufgenommen wurden. Es waren schöne Bilder von den Kindern aus Ellis Klasse. Plötzlich wurde die Mutti ganz aufmerksam. „Sag mal Elli, wann war denn das hier?". Sie zeigte Elli das Bild und Elli fiel fast vom Küchenstuhl. „Ähm, ähm, das war beim Chor, ich, ich,...". Sie schaute verzweifelt auf das Bild. Elli stand in der ersten Reihe, singend und die Hände spielten mit dem Kleidersaum. – Man sah ganz deutlich, dass er ungefähr handbreit abgerissen war.

„Ach Elli, das ist so schade. So ein schönes Bild, alle Kinder sehen hübsch aus, und Du hast ein kaputtes Kleid an. Das sieht ja aus, wie bei einem Armeleutekind."

Elli war beschämt, das wollte sie doch nicht. Sie fühlte sich so hinterhältig ertappt.

Manchmal ist das Leben doch echt gemein.

Erinnern Sie sich?

» Singen Sie gern?

» Haben Sie ein Lieblingslied?

» Haben Sie im Chor gesungen?

» Möchten Sie etwas vorsingen?

Früh Strumpfhose, mittags Kniestrümpfe

Die ersten Frühlingsstrahlen kündigten schönes Aprilwetter an.

„Darf ich Kniestrümpfe anziehen?", fragte Elli und hatte bereits ein frisches Paar in der Hand.

„Elli, es ist noch viel zu kalt. Einige Tage musst Du noch warten", antwortete die Mutti und schickte ihre Tochter zurück in ihr Zimmer. „Bitte leg die Kniestrümpfe wieder in den Schrank und nimm Dir eine Strumpfhose heraus".

Elli schmollte. Es war Frühling. Sie wollte Frühling und sie wollte Kniestrümpfe. Aber sie wusste, dass hier alles Schmollen nichts nützte. Widerwillig zog sie die Strumpfhose an. Unbemerkt von Mutti wanderten aber die Kniestrümpfe in Ellis Schulmappe.

Am Nachmittag schlenderte Elli mit ihren Freundinnen nach Hause. Alle drei Mädchen hatten Kniestrümpfe an. Es war herrlich warm und die Kinder schwatzten und lachten. Sie genossen die Sonne und es duftete überall nach Frühling.

Als Elli die Wohnungstür aufschließen wollte, wunderte sie sich, dass sie gar nicht abgeschlossen war.

„Elli, bist Du das?", hörte sie die Mutti rufen. „Ich bin hier in der Küche. Komm bitte gleich, das Mittag ist fertig". Elli freute sich, es war schön, wenn Mutti schon zu Hause war. Das gab es durch den Schichtdienst nicht so oft.

Elli stürmte in die Küche und erschrak. Mutti

hatte die Kniestrümpfe gesehen und schaute Elli missbilligend an. „Ach Elli, ich hatte doch gesagt, es ist noch zu kalt".

„Aber Mutti, ich habe mich doch erst in der Mittagspause umgezogen, da war es schon so schön warm". Elli zog ihre Mutti mit sich auf den Balkon. „Fühl mal, so warm ist es heute. Bitte Mutti, sei nicht böse".

Schweigend aßen die zwei ihr Mittag. Elli hatte ein schlechtes Gewissen und Mutti hatte gemerkt, dass die Sonne wirklich schon für warme Temperaturen gesorgt hatte. In der Wohnung war es immer recht kühl, so hatte sie die milde Frühlingsluft gar nicht wahrgenommen.

Plötzlich mussten die beiden lachen und damit war die eisige Stimmung auch in der Wohnung dem Frühlingsklima gewichen.

„Gut", sagte Mutti, „morgens Strumpfhose und

mittags Kniestrümpfe". Elli strahlte. Das konnte
sie gern versprechen.

Erinnern Sie sich?

» Ist Ihnen so etwas auch mal passiert?
» Welche Kleidung mochten Sie besonders
  gern?
» Freuten Sie sich auf den Frühling?
» Welches Frühlingslied kennen Sie?

Hasenbrot

"Oh, da bist du ja endlich". Elli begrüßte ihren Vati. „Mutti hat schon Abendbrot fertig". „Ach ja? Was gibt es denn?" Vati schälte sich aus dem Mantel und gab Elli einen Kuss. Es war ein kalter Tag mit viel Arbeit gewesen.

„Es gibt Kartoffelsuppe mit Würstchen" plapperte Elli weiter und hatte den Blick auf Vatis Arbeitstasche geheftet. Manchmal brachte er nämlich Schokolade mit. Schokolade mochte Elli gern. Ansonsten war Elli das Essen nicht so wichtig. Sie war ein Kind, welches den Beinamen „schlechter Esser" immer wieder zu hören bekam.

„Das hört sich ja lecker an", lachte Vati, schnappte sich die Tasche und ging in die Küche. "Na?", fragte die Mutti nach dem Begrüßungskuss, „konntest Du heute Deine Brote essen, oder gab es wieder keine Pause?".

Vati zuckte die Schultern und nahm die Stullendose aus Aluminium aus der Tasche. Zwei Käsebrote sollten im Eisschrank Platz finden.

Damals gab es noch keine Kühlschränke, wie man sie heute kennt. Sie sahen ähnlich aus, mussten aber mit dicken Eisstangen bestückt werden, wenn man die Lebensmittel kühlen wollte. Einmal in der Woche kam der Eismann, der eine dicke Lederweste und noch dickere Lederhandschuhe trug. Ein Stück Leder hatte er noch über seine Schulter gelegt und mit einem Haken, den er in die Eisstange schlug, konnte er das Eis halten. Der Eismann schleppte die dicke Eisstange in die dritte Etage und verstaute das Eis fachmännisch im Eisschrank. Dazu musste er es noch zerkleinern. Dann war wieder für eine Woche die Kühlung gesichert.

„Dann musst Du morgen mal Hasenbrote mitnehmen", hörte Elli. „Mutti, was sind Hasenbrote?" Elli war gleich neugierig. Mutti öffnete die Stullendose und Elli schaute hinein. „Das hier, das sind Hasenbrote".

Elli überlegte ein wenig und dachte: „Wenn Hasen – diese süßen Dinger – gern solche Brote essen, dann müssen die aber lecker sein."

„Vati, darf ich heute ein Hasenbrot essen? Du bekommst auch meine Kartoffelsuppe."

Vati nickte schmunzelnd. Elli stellte die Brotdose an ihren Platz und die Eltern nahmen sich die Suppe. Elli bekam noch eine große Tasse Kakao dazu und kostete vom Hasenbrot. Die Scheiben bogen sich schon etwas nach oben, die Butter war im Brot verschwunden und der

Käse war trocken und kalt. Aber es war köstlich. Sie fühlte sich, wie eine von den „Großen". Und sie verspeiste tatsächlich zwei ganze Scheiben „Hasenbrot".

Es gab nicht oft Hasenbote bei Ellis Vati, aber wenn, dann aß sie diese mit großem Vergnügen.

Erinnern Sie sich?

» Kennen Sie Hasenbrote?

» Welche Brote essen Sie gern?
   Schwarzbrot oder helles Brot?

» Mögen Sie lieber Wurst oder Käse?

» Mögen Sie lieber Milch oder Kakao?

So viel Heimlichkeit

Else ist Ellis kleine Schwester. Die beiden Mädchen verstanden sich trotz des großen Altersunterschiedes gut. Elli hatte Else meistens dabei, wenn sie mit ihren Freundinnen spielte.

In der Adventszeit kam natürlich auch bei ihnen die Frage auf, was man wohl den Eltern zum Weihnachtsfest schenken könnte. Viel Geld blieb vom Taschengeld nicht übrig, also musste eine andere Lösung her.

Topflappen, gemalte Bilder, beklebte Kartons, oder bemalte Steine, Parfum-Miniaturen, das waren oft die Geschenke der Geschwister.

Elli hatte festgestellt, dass im Haus der „gute" Kaffee immer als etwas Besonderes galt. Und damals rauchten beide Eltern noch, also waren auch Zigaretten im Haushalt von Bedeutung.

Elli und Else beklebten zwei Bügel-Einweck-Gläser mit Blumen und anderen lustigen Dingen, die sie aus ihren Kinderzeitschriften („FRÖSI", „Bummi") ausgeschnitten hatten.

Nun kam der schwierige Teil. Jeden Tag stibitzten die Mädchen zwei Zigaretten aus der Schachtel und legten sie in das eine Glas. Zwei Teelöffel Kaffee kamen in das andere. Das war nicht immer leicht, meistens wurde der Kaffee umgefüllt, wenn Elli aus der Schule kam, dann war sie noch allein zu Hause. Bei den Zigaretten war die Sache heikel. Es ging nur ganz früh oder ganz spät, wenn auch die Eltern schliefen.

Es klappte fast an jedem Tag. Das Weihnachtsfest kam heran und die Gläser hatten sich ganz gut gefüllt. Über diese Überraschung würden sich die Eltern ganz bestimmt riesig freuen. Sie wickelten die Gläser in schönes Papier und banden große Schleifen drumherum. Else hätte sich fast verplappert, als die Mutti sie fragte, ob im Kindergarten denn schon gebastelt wird für Weihnachten.

Immer musste Elli aufpassen, dass Else nichts verrät. Es war schon schwierig, mit der kleinen Schwester ein Geheimnis zu wahren.

Am Heilig Abend hatte der Vati schon den Baum geschmückt, die Kinder hatten gebadet und saßen „feingemacht" am Küchentisch. Dann durften sie ins Wohnzimmer. Es roch nach Brat-äpfeln aus der Ofenröhre, es gab Kakao und Kaffee und die Kinder schauten ein Märchen im Fernseher, bis es Zeit zur Bescherung war.

Der Weihnachtsmann hatte laut geklopft, musste aber weiter und so hatte er den Sack vor die Tür gestellt. Damit kam der Vati nun herein.

Es wurden Weihnachtslieder gesungen, die Mädchen sagten ihre Gedichte auf und die Geschenke wurden ausgeteilt.

Elli und Else freuten sich über ihre Geschenke und vergaßen beinahe, dass sie ja auch Päckchen verschenken wollten. Sie rannten in ihr Zimmer und als sie wieder hereinkamen, überreichte jedes Kind feierlich ein gemaltes Bild und ein Geschenk. Die Eltern staunten nicht schlecht. Neugierig schauten sie in die Gläser, waren erst ganz ernst und mussten dann aber doch sehr herzlich lachen.

Mit solch einer Weihnachtsüberraschung hatten sie nicht gerechnet. Eine kleine Rüge gab es aber auch. Denn die Mädchen hatten ja den Eltern heimlich etwas weggenommen. Sie wussten eigentlich, dass man niemandem etwas wegnehmen darf, aber bei aller Vorfreude hatten Elli und Else das nicht bedacht.

Aber weil die Eltern genau wussten, dass die Mädchen ihnen eine Freude machen wollten, bekamen sie keinen Ärger.

Es war ein schöner Heiliger Abend. Elli und Else spielten mit ihren neuen Spielsachen und freuten sich über den schönen Tannenbaum. Dieses Licht eines Weihnachtsbaumes, der Duft im Zimmer, das Knacken von Holz im Ofen und Eisblumen an den Fenstern, das gab wohl allen das gute Gefühl von Familie und Geborgenheit. In der Küche brutzelte die Gans im Herd und am Abend gab es Kartoffelsalat und Würstchen.

Nach dem Abwasch tranken die Eltern noch einen „guten Kaffee".

Erinnern Sie sich?

» Was war Ihr schönstes Weihnachtsgeschenk?

» Was gab es am Heilig Abend zum Essen?

» Gab es bei Ihnen Gänsebraten, Ente, Fisch oder Kaninchen?

» Haben Sie Geschenke für die Eltern selbst gebastelt?

Opas Herzkette

Voller Entzücken stand Elli vor der großen Schaufensterscheibe und war sofort verliebt in diese wunderschöne Kette.

Sie war mit ihren Eltern wieder beim Opa zu Besuch und immer, wenn sie hier waren, ging sie gern durch den großen Torgang auf die Straße. An der Ecke, kurz vor der Zugbrücke, war der – für sie – schönste Schmuckladen. Schmuckladen „Liebig". Schon als kleines Mädchen drückte sie sich die Nase platt, um all die schönen glitzernden Schmuckstücke zu betrachten.

Inzwischen war Elli schon ein junges Mädchen

von etwa vierzehn Jahren und natürlich war der Blick auf die Schmuckstücke etwas wählerischer. Sie hatte zehn Mark Taschengeld dabei und ging zum ersten Mal seit all den Jahren in den geliebten Laden. Die Türglocke bimmelte und eine freundliche Dame schob sich aus dem Hinterzimmer, durch den schweren Samtvorhang, an den Verkaufstisch.

„Guten Tag" gurrte sie. „Wie kann ich denn helfen, junges Fräulein?"

„Guten Tag. Ich möchte gern wissen, wie teuer die Kette mit den Herzen ist. Die mit den vielen Glitzersternen. In der Mitte liegt sie, in der unteren Reihe im Schaufenster."

Elli ahnte schon, dass ihr Geld nicht reichen würde, aber sie wollte es unbedingt wissen.

Die freundliche Dame war schon etwas „ältlich" (so nannte Elli damals alle Damen über vierzig).

Sie war ziemlich rundlich, trug einen engen, langen Rock und eine weiße Bluse mit Rüschen, die von einer dicken glänzenden Brosche zusammen gehalten wurde. Ihre Brille hatte flaschenbodendicke Gläser und hätte sie ihre Haare nicht zu einem riesigen Dutt aufgetürmt, wäre vom Gesicht hinter der Brille nicht mehr viel zu sehen gewesen.

Sie musterte Elli mit geneigtem Kopf. „Oh, die kostet sicher zu viel für Dich, junges Fräulein. Aber ich will gern mal schauen."

Elli wurde rot und umklammerte ihr Taschengeld, als würde es dadurch mehr werden.

Behäbig, beinahe betont langsam, schritt die Dame zur Auslage des Schaufensters. „Komm doch mal bitte zu mir, meinst Du diese Kette?"

„Ja, genau die meine ich." Elli meinte ihr Herz würde man auch außerhalb ihres Körpers klopfen hören, so gespannt war sie.

„Einen Augenblick. Ach ja, hier ist der Preis. Diese Kette kostet 15 Mark, junges Fräulein. Hast Du so viel Geld dabei?"

Elli schüttelte traurig den Kopf. „Nein, ich habe nur 10 Mark."

„Na, dann sparst Du noch eine Weile und kommst dann wieder" flötete die Dame, als sie wieder ihre Position hinter der Ladentischvitrine einnahm.

Elli nickte. „Aber dann bin ich wieder zu Hause, wir sind ja nur bis morgen zu Besuch hier." Sie ging langsam zur Tür. „Vielen Dank. Auf Wiedersehen". Die Türglocke bimmelte leise und Elli fand sich vor dem Schaufenster wieder. Noch ein letzter Blick zur Kette und dann schlenderte sie durch den langen Torgang zurück und setzte sich zu den anderen an den Kaffeetisch.

„Kind, Du bist ja so still?" Opa sah sie fragend an, während er sich noch ein Stück Torte auf den Teller balancierte.

„Warst Du bei Liebig?"

„Ja."

„Hatte der noch offen?"

„Ja, noch ja. Ich war sogar mal drin."

„Ach so, wer war denn da? Die Mutter?"

„Ich weiß nicht, aber eine ältliche Dame war es"

„Elli, die ist doch nicht ältlicher als wir", lachte er. „Hast Du denn Dein Taschengeld ausgegeben?"

„Nein, ich hab noch alles. Für die schönste Kette, die es gab, hätte es nicht gereicht. Beim nächsten Mal, bis dahin kann ich noch ein bisschen sparen."

Elli zuckte die Schultern hoch und ließ sie wieder fallen.

Sie ging mit den Frauen in die Küche und half beim Abwasch. Als die Küche tip-top war, gingen die Frauen wieder in die Stube. Die Männer zählten schon die Pfennige aus und die Karten wurden gemischt. „Schafskopf" wurde immer gespielt. Und es war auch fast immer lustig. Elli spielte gern mit.

„Elli, kommst Du bitte mal zu mir?" Opa klopfte mit der flachen Hand neben sich auf das Sofa. Elli rutschte an seine Seite.

„Wieviel Geld hast Du denn?"

„10 Mark."

„Und wieviel soll die Kette kosten?"

„15 Mark."

„Und sie sieht ganz schön aus?"

„Oh ja."

„Aber das ist doch alles nichts Echtes, das wirst Du doch nicht lange haben."

„Aber schön ist sie."

„Hm, gut", lachte Opa. „Ich glaube, die machen bald zu. Also solltest Du schnell noch mal loslaufen. Hier ist das Geld für die Kette. Dein Taschengeld behältst Du. So, und nun los, sonst ist es noch zu spät."

Elli drückte dem Opa einen schnellen Kuss auf die Wange und rutschte hurtig wieder aus der Sofaecke heraus, sprang in die Schuhe und flitzte über den Hof durch den Torgang, um die Ecke und – hörte ein schepperndes Geräusch. Liebig ließ die Rollladen am Schaufenster herunter. Elli lugte zur Tür. Glück gehabt diese war noch nicht mit dem Gitter versehen. Sie klinkte vorsichtig und schob dann voller Freude mit Schwung die Tür auf. Die Türglocke machte einen Riesen-krach.

Die Rüschendame sah missbilligend zu Elli, begab sich zum anderen Schaufenster und schüttelte den Duttkopf. Aus dem schweren Vorhang kam ein Mann auf Elli zu.

„Nun junge Dame, wir schließen jetzt. Wolltest Du noch etwas sehen?"

„Nein, ich möchte etwas kaufen, diese Kette dort drüben. Geht das noch?" Elli zeigte sie ihm.

„Aber ja, ich packe sie Dir ein." Er legte sie sorg-fältig in eine kleine Schachtel mit Watte und Elli strahlte beide voller Freude an, als sie die 15 Mark auf den Tisch legte. Mit Quittung und Schächtel-

chen verließ sie mit einem lauten „Dankeschön"
den Laden.

In der Küche band sie sich die Kette um und prä-
sentierte ihr glänzendes Schmuckstück, als sie
ins Wohnzimmer eintrat. Es gab ein „Oh" und
„Ah" und Elli umarmte ihren Opa noch einmal
herzlich zum Dank.

Zweiundvierzig Jahre später trug Elli diese Kette
bei einer Hochzeitsfeier und dachte an den Opa.
Sie ist nichts „Echtes", aber sie hatte sie immer
noch und sie glänzt noch genauso schön, wie
damals.

Erinnern Sie sich?

» Haben Sie noch ein Schmuckstück von Ihren
Eltern / Grosseltern?
» Was liebten Sie am meisten? (Kette, Uhr)
» Haben Sie Ihren Kindern / Enkeln Schmuck
geschenkt?

Die zerlöcherten Tischtücher

Oma Ella wohnte in einer Kleinstadt. Eigentlich war sie nicht so klein, aber es hieß nun einmal so.

Oma Ella lebte schon lange allein. Ihre Wohnung befand sich am Markt und so konnte sie das Markttreiben, die ankommenden und abfahrenden Busse und die langen Schlangen am Marktfleischer immer gut beobachten. Sie kannte die Leute, die vorbei eilten und manchmal gab es einen kleinen Schwatz am Fenster.

In der Nähe des Marktes gab es den „Club der Volkssolidarität". Obwohl Oma Ella schon schlecht laufen konnte, ging sie an jedem Nachmittag in den „Club". Die älteren Herrschaften tranken dort gemeinsam Kaffee, sie machten Handarbeiten, spielten Karten oder Brettspiele und erfreuten sich an allerlei Darbietungen, die Schulkinder ihnen regelmäßig bescherten. Es gab Chorauftritte, kleine Theaterstücke, Volkstanzaufführungen und in jedem Jahr das Weihnachtsliedersingen.

In der Weihnachtszeit wurde natürlich auch viel im Club gebastelt. In einem Jahr bastelten alle Weihnachtskarten, Geburtstagskarten oder Karten für andere schöne Anlässe. Daran beteiligten sich aber eigentlich nur die Damen. Papier, Kleber und Schere waren vorhanden und die Idee ebenfalls. Man wollte aus alten Stoffen die Motive ausschneiden und auf den Zeichenkarton aufkleben.

Es wurden viele schöne Karten gebastelt.

Als Elli mit ihren Eltern die Oma Ella besuchten, wollte Ellis Mutti den Kaffeetisch decken. Sie fragte, wo sie denn Tischdecken finden könne. Oma Ella deutete auf das Vertiko und meinte, im zweiten Fach müssten welche sein.

„Ich finde hier aber keine", seufzte Ellis Mutti. „Hast Du sie vielleicht in einem anderen Fach?" Oma Ella konnte schlecht laufen, aber sie schlurfte doch ins Schlafzimmer. Mit einem Stapel Decken in der einen und dem Stock in der anderen Hand lächelte sie triumphierend in die Runde. „Na, hier sind sie doch".

Ellis Mutti nahm sich das erste Tischtuch, auf dem sie ein Weihnachtsmotiv entdeckte. „Ach, die ist doch hübsch, die nehmen wir. Kannst du mir helfen, Elli?". Sie wollten die Decke ausbreiten und guckten sich entgeistert an. Was war das denn? Die Motive in der Randbordüre waren weg. Ausgeschnitten. Alle. Fragend schauten sie zu Oma Ella. „Ach, die ist wohl kaputt. Nehmt doch eine andere." Gesagt, getan. Die zweite Decke hatte eine vollständige Bordüre, aber in der Mitte war der bedruckte Teil verschwunden. „Sag mal, warum sind denn Deine Decken so kaputt?" fragte Ellis Mutti. „Ach ist doch egal, sucht Euch doch einfach eine aus, die heil ist", gab Oma Ella zurück.

Elli und ihre Mutti probierten noch zwei Tischtücher, aber es war immer das Gleiche. Sogar die Lochstickerei war einem noch größeren Loch gewichen. Das war ja seltsam.

Es wurde ein rosa Tafeltuch gefunden, das hatte kein Muster und kein Loch. Der Kaffeetisch wurde vorbereitet, es gab Kaffee, Kakao und Kuchen. Alle schwatzen munter durcheinander und am Abend ging es wieder Heim.

Die Tage vergingen und niemand dachte mehr an die Tischtücher. Am Heilig Abend besuchte Oma Ella die Familie. Sie hatte für jeden eine Tafel

Schokolade dabei und eine Weihnachtskarte. Elli holte ihre als erste aus dem Umschlag und lachte. Ellis Eltern schauten nun auch in ihre Umschläge und jetzt mussten sie auch lachen. Oma Ella strahlte. „Die Karten habe ich selbst gemacht. Im Club haben wir einige Nachmittage daran gearbeitet. Manche hatten ja keinen Stoff dabei, aber ich konnte ihnen aushelfen. Ich hatte ja genügend." Ellis Vati schüttelte, immer noch lachend, den Kopf. „Na, dann ist ja unser Geschenk für Dich genau richtig". Oma Ella wickelte eine schöne neue Weihnachtstischdecke aus. „Und die wird bitte nicht zerschnitten", schmunzelte Ellis Vati.

Oma Ella freute sich und versprach, sie beim nächsten Weihnachtsbesuch komplett auf dem Tisch zu haben.

„Aber wisst Ihr, Eure Gardinen haben eine wunderschöne Bordüre".

„Nein", riefen alle gleichzeitig und lachten an diesem Abend noch oft. Aber ab und zu inspizierte Ellis Mutti doch die schönen Stores mit den feinen Spitzen.

Erinnern Sie sich?

» Basteln Sie auch gern?
» Womit basteln Sie am liebsten? (Holz, Papier, Naturmaterial, Stoff, usw.)
» Haben Sie auch mit Ihren Kindern Grusskarten gemalt?
» War die Familie zu Feiertagen beieinander?

Einbruch

Gestern hatte es wieder geschneit. Die Kinder spielten fröhlich im Schnee, bauten einen kleinen Schneemann auf dem Hof und gingen rotbäckig, mit kalten Fingern aber rundherum glücklich nach Hause. Elli war zu Besuch. „Das Ferienkind." Unten, im Hinterhof, bei Opa Erich.

Es war eine besondere Wohnung. Man trat ein und war direkt in der Küche. Dann kam ein kleines Ess-Zimmer, an dessen Fenster Opa immer saß und bastelte. Im Sommer stand es offen und so gab es immer eine kleine Plauderei mit den vorbeikommenden Nachbarn. Jetzt war es draußen lausekalt und das Fenster blieb geschlossen.

Aber Opa saß daran und stellte kleine Andenken für Touristen und Liebhaber her. Dahinter kam die „Gute Stube". Hier saßen abends alle beisammen und man hörte Radio und es wurde „Schafskopf" gespielt. Vor dem schönen Ofen stand eine Ofenbank. Darauf konnte man super „ich fahre Motorrad" spielen, jedenfalls so lange, bis die Erwachsenen das „Fahrgeräusch" als unerträglich einstuften.

Noch eine Tür weiter führten drei Treppenstufen hinab ins Schlafzimmer. Das war immer kalt, aber die dicken Federbetten, die Elli immer fast verschluckten, wärmten in der Nacht. Über dem Bett hing ein Bild mit Engeln und das Beste, das war der Lichtschalter. Den konnte man im Bett liegend bedienen. Über eine lange Schnur wurde der Schalter betätigt und Elli hatte großen Spaß daran, schnell an der Schnur zu ziehen, wenn sie Schritte hörte. Die hörte man schon ab dem Esszimmer, denn überall gab es knarrenden Dielenboden. Wenn sich die Schritte wieder entfernten, konnte sie heimlich weiter in ihren ersten Büchern lesen.

Die Nacht schickte grimmige Kälte über die Region, aber gegen Mittag strahlte die Sonne am Pustewolkenhimmel und ließ den Schnee glitzern. Er knirschte unter den Holzpantoffeln, die immer angezogen wurden, wenn man über den Hof ging. Damals ging man „über den Hof", weil sich dort die Toiletten für die Hinterhaus- wohnungen befanden. Im Vorderhaus, mit der schönen Fassade und den schönen Treppen- geländern, gab es in jeder Wohnung ein Bad. Im Hinterhaus nicht. Elli musste also „über den Hof".

Die Kinder vom Vorderhaus holten Elli, das kleine Ferienkind, nach dem Mittag ab und sie gingen spielen. Sie sagten immer, Elli sei klein, dabei war sie sicher schon sieben Jahre alt.

Die Kinder wollten zum Spielplatz und sie durfte mitgehen. Sie liefen durch den riesigen (immer etwas gruseligen) Torgang und eilten auf die Straße. Auf dem Kopfsteinpflaster war es ziemlich rutschig und es roch nach Asche. Früher wurde oft mit Asche gestreut. Entsprechend sahen die Stiefel am Abend aus.

Wenn die kleine Truppe zum Spielplatz wollte, mussten sie über die Hastbrücke, eine wunderschöne Holzbrücke. Eine Zugbrücke. Das war ein tolles Schauspiel, wenn sich die Brücke für die Schiffe öffnete. Plötzlich war auf beiden Seiten der Havel das geschäftige Treiben unterbrochen. Die Leute hatten unverhofft Zeit, miteinander zu schwatzen.

Die Zugbrücke war oben, deshalb warteten auch die Kinder. Sie entdeckten eine schöne Schlitterbahn auf dem Haveluferweg und vertrieben sich die Zeit mit Schlittern. Sie sahen dem Schiff nach, das erst geschleust wurde und nun unter der Hastbrücke hindurchfuhr. Dann schlitterten sie weiter und der Spielplatz war vergessen. Sie kletterten am hölzernen Ufergeländer und wagten sich auf die abgeschrägte Böschung dahinter. Woher die Idee kam, wusste später niemand mehr zu sagen, aber plötzlich war der Wettbewerb geboren: „Wer kann auf der kleinsten Eisscholle stehen?". Es gab viele davon im Uferbereich. Die Kinder hielten sich an den Holzpflöcken, die zum Festmachen der Boote waren, fest und dann suchten sie sich passende Schollen aus.

Elli gewann diesen Wettbewerb. Aber das erfuhr sie erst in der guten Stube bei Frau Becker im Vorderhaus. Elli hatte auf der allerkleinsten Scholle gestanden, aber plötzlich versank sie mit ihr in der kalten Havel. Die anderen Kinder zogen sie geistesgegenwärtig, an Jacke und Mütze und mit viel Geschrei, ans Ufer. Pudelnass bettelte Elli nur, dass sie **so** auf keinen Fall nach Hause wolle. Das gäbe Ärger.

Ein Geschwisterpaar bewohnte mit den Eltern die hintere Wohnung bei Frau Becker, die nahmen Elli mit zu sich in den ersten Stock. Frau Becker, sie war gut befreundet mit Ellis Opa und seiner Partnerin, fing das „nasse Bündel" gleich ab und schimpfte. Dann hieß es: „Ausziehen, abrubbeln, Haare kämmen, Sachen an den heißen Ofen und Stiefel oben drauf". Elli saß in einem fremden Bademantel an einem fremden Ofen, weinte und taute nur langsam wieder auf. Die Nachbarskinder blieben bei ihr und versuchten sie zu trösten. Das gelang ihnen dann mit diesen Sätzen: „Du hast gewonnen. Auf dieser kleinen Scholle konnte keiner von uns stehen". Elli war müde und der Schreck saß ihr noch in den Knochen, aber sie war überglücklich. Nun war sie eine von ihnen.

Frau Becker schmierte noch ein Brot mit Schmalz und Käse und dazu gab es eine Tasse heißen Kakao mit Pelle. Elli hätte sich sonst bei der Pelle geschüttelt, aber am Ofen bei Frau Becker war es wirklich lecker. Die Nachbarskinder wurden in ihre Wohnung gerufen und es begann zu dunkeln. Elli musste auch nach Hause. Ihre Sachen wurden mit dem Bügeleisen restgetrocknet und schnell schlüpfte sie wieder hinein. Alles war noch ein bisschen klamm, aber das konnte ja auch gut vom Schnee sein. Ellis Trocken-Retterin drückte das Mädchen zum Abschied und versprach ganz fest, sie nicht zu verpetzen. Elli hüpfte die Treppen hinunter, rannte mutig durch den großen Torweg und dann quer über den Hof nach Hause. Einen Eisschollenwettbewerb haben die Kinder nie wieder gewagt.

Diese Geschichte hat Elli ihren Eltern erst vor einigen Jahren gebeichtet. Und wenn Frau Becker das Geheimnis bewahrt hat, dann hat Ellis Opa davon nie erfahren.

Erinnern Sie sich?

» Was haben Sie für Abenteuer erlebt?

» Können Sie schwimmen?

» Können Sie Schlittschuhlaufen?

» Mögen Sie den Winter?

» Welches waren Ihre schlimmsten oder
schönsten Erlebnisse im Winter?

Das Nadelheftchen

Endlich gab es Handarbeitsunterricht in der Schule. Elli freute sich darauf. Ihre Mutter strickte eigentlich immer, jeden Abend wurde die Wolle hervorgeholt und dann stand das Handarbeitskörbchen an ihren Füßen und der Wollfaden kroch über Mamas Beine hin zu den klappernden Nadeln. Das gefiel Elli. Und es gefiel ihr noch mehr, wenn aus dem Wollfaden ein Pullover wurde. Wie schnell das bei Mama ging. Das wollte sie auch lernen.

Aber vorher musste die Wolle gewickelt werden. Die gab es nämlich immer nur als Stranggarn. Um ein Knäuel Wolle zu erhalten, musste dieses

Stranggarn umgewickelt werden, wie es bei Elli zu Hause hieß. Meistens musste Vati helfen, manchmal aber auch die Kinder. Man stand oder saß dann der Mutti gegenüber, hatte die Arme nach oben angewinkelt und die Hände waren nach oben getreckt. Sie hielten locker den darum gelegten Strang und die Mutti wickelte daraus ein Knäuel. Erst dann ging es mit dem eigentlichen Stricken wirklich los.

Elli hatte zur ersten Stunde alles dabei. Ein Knäuel mit blauer Wolle, Stricknadeln, Handarbeitskörbchen, Nähnadeln, Schere und Stickgarn. Sie fragte sich zwar, wofür sie das Stickgarn benötigen würde, wenn sie doch stricken wollte, aber sie hatte es eingepackt, weil es auf der „Mitbringliste" stand.

Die lang ersehnte Handarbeitsstunde war ernüchternd. Es wurde nicht gestrickt, sondern gestickt und genäht. Jedenfalls gab es die ersten Techniken dazu. Und es war so langweilig. Die

Mädchen bekamen Aida-Stoff und die Lehrerin zeigte Muster von fertigen Nadelheften, die sie vorbereitet hatte. Jedes Stickmuster war in einer anderen Farbe gestickt und so waren die Nadelhefte oder Nadelkissen immer anders und schön bunt. Aber Elli wollte doch stricken lernen. Sie war enttäuscht.

Ziemlich lustlos begann sie mit ihrer Arbeit. Es begann mit einer Reihe „Vorstich". Der Faden verknotete sich und Elli meinte, die Finger täten das Gleiche. Immer wieder hatte sie Schlaufen und Knoten in ihrem Stickmuster. Die Lehrerin schaute über den Brillenrand hinweg auf diese Mühsal. „Langes Fädchen, faules Mädchen", säuselte sie mit ihren spitzen Lippen über Ellis Schulter. Elli sah sie entsetzt an. Sie war wütend. Sie war kein faules Mädchen und sie fand es gemein, dass die anderen Mädchen alles gehört hatten und kicherten. Verbissen kämpfte sie mit diesem grünen Garn und schaffte es irgendwann, einige gerade Stiche zu bewerkstelligen. Das

Klingeln zum Stundenende kam einer Erlösung gleich. In der Pause war der kleine Zorn wieder verraucht und der Tag verlief wie jeder andere.

Nachmittags ging Elli in den Schulhort. Die Hortnerin machte mit den Kindern erst die Hausaufgaben und dann hatte sie immer schöne Ideen, um die Kinder am Nachmittag für Musik oder Natur zu begeistern. Sie spielte Akkordeon und viele Lieder lernte Elli bei ihr.

An diesem Nachmittag fragte sie, ob denn alle Spaß am Handarbeitsunterricht gehabt hätten. Elli zog eine Schnute, denn ihr hatte es keinen Spaß gemacht. Sie zeigte widerwillig und zerknirscht ihr Stück Stoff, dass sie missmutig in ihr Körbchen gestopft hatte. „Ah, stopfen kannst Du also schon", lächelte die Hortnerin. „Wenn Du magst, dann zeige ich Dir nach den Hausaufgaben, wie man stickt. Aber erst einmal legen wir Dein Stickstück glatt zusammen, dann geht es nachher viel leichter." Elli willigte ein, obwohl ihr einmal Sticken am Tag völlig ausreichend erschien.

Frau Hortnerin war großartig, sie zeigte Elli, wie man ganz leicht sticken kann und die anderen Mädchen kicherten nicht mehr, sondern machten eifrig mit. Nach jedem Handarbeitsunterricht machten die Kinder mit Freude ihre Stickarbeiten im Hort fertig.

Ellis Finger „verknoteten" sich nicht mehr bei der Arbeit und sie hatte Freude an Steppstich, Kreuzstich, Stielstich, Fischgrätenstich und nichts konnte sie mehr erschrecken. Nachdem der Aida-Stoff mit allen Mustern in bunten Farben ausgefüllt war, wurde ein anderer Stoff zugeschnitten, mit Kantenstich versäubert und wie Heftseiten in die gestickte Hülle gelegt. Stecknadeln und Nähnadeln wurden hineinge-steckt und zu guter Letzt noch ein Knopf zum Schließen des Nadelheftchens angenäht.

Elli war sehr stolz, als sie der Mama das Nadel-heftchen überreichte. Und Ellis Mama hob es für sie auf. Noch heute bewahrt Elli ihre Nadeln in diesem kleinen bunten Nadelheftchen auf und denkt manchmal an die Mühen und die nette Hortnerin zurück.

Erinnern Sie sich?

» Haben Sie früher auch Handarbeiten ge-macht?

» Konnten Sie nähen oder sticken?

» Für wen haben Sie früher Handarbeiten angefertigt?

» Können Sie heute noch nähen / sticken?

» Haben Sie es von ihrer Mutter oder Gross-mutter gelernt?

» Gab es solchen Unterricht in Ihrer Schule?

» War Ihre Handarbeitslehrerin nett?

Der blaue Pullover

Endlich war dieses Nadelheftchen fertig und Frau Hortnerin wollte den Kindern das Stricken zeigen. Elli freute sich. Nun würde sie bald mit der Mutti um die Wette mit den Nadeln klappern können.

Das Handarbeitskörbchen wurde mit Strick-nadeln, Schere und blauer Wolle bestückt. Elli wollte einen Pullover stricken. Die meisten Kin-der, bis auf einen Jungen waren es nur Mädchen, wollten lieber einen Schal oder eine Mütze stri-cken. Elli und ihre Freundin Petra wollten sich mutig an einen Pullover wagen.

Das Aufnehmen der Maschen war aber schon ein Krampf. Es wollte und wollte nicht gelingen. Frau Hortnerin half allen Kindern dabei und strickte die erste Reihe ab. Und nun konnte es endlich losgehen. Elli hatte schnell den Bogen raus und musste nur noch lernen, nicht so fest zu stricken. Am Anfang quietschten die Nadeln sehr, weil die Hände noch so verkrampft und verschwitzt waren. Aber es gelang immer besser.

In jeder freien Minute zog Elli ihr Strickstück aus dem runden geflochtenen Handarbeitskörbchen. „Willst Du nicht mal eine Pause machen?" Frau Hortnerin stellte ihr die Nachmittagsmilch auf den Tisch und Elli fügte sich. „Aber nur zum Milch trinken, dann mache ich wieder weiter". Elli strickte und war mit Feuereifer dabei. Stolz zeigte sie ihren wachsenden Pullover, der bald nicht mehr ins Körbchen passte.

An einem schönen Frühlingsnachmittag spielten die anderen Hortkinder schon auf dem Schulhof, denn sie waren mit ihrem Schal längst fertig. Elli und Petra waren noch mit ihren Pullovern beschäftigt. Sie saßen in der Sonne auf der Bank vor dem Hortgebäude. „Können Sie mir helfen?" fragte Elli die Frau Hortnerin. „Ich weiß nicht, wie man Maschen wieder abnehmen muss". Frau Hortnerin setzte sich zu den Mädchen. Petra war noch nicht so weit und Elli sah genau auf die Hände der Hortnerin. „Das kann ich nie", sagte sie. „Hier sieht das immer so leicht aus, wie bei meiner Mama".

In diesem Moment griff Petra nach ihrer Nachmittagsmilch und das Unglück nahm seinen Lauf. Die Flasche kippte um und die Milch versickerte in Sekundenschnelle in Ellis fast fertigem Pullover, rann den Wollfaden herunter und sammelte sich im Handarbeitskörbchen in der restlichen Wolle. Elli riss die Augen auf und konnte nichts tun. Alles war voller Milch. Nun tropften auch noch dicke Tränen auf den Milchpullover und nichts konnte das Mädchen trösten. „Was soll ich denn jetzt machen", weinte sie.

Frau Hortnerin hatte auch keine rechte Idee. Der Pullover war noch nicht fertig, man konnte die Nadeln noch nicht abstricken, also konnte man den Pullover auch noch nicht waschen. Was nun?

Sie breitete die Strickarbeit zum Trocknen aus und wickelte die restliche Wolle um eine Stuhllehne, damit sie auch trocknen konnte.

Am nächsten Tag konnte es Elli kaum erwarten, den Pullover zu sehen. Sie wollte auch weiterstricken und ihn endlich fertig arbeiten. Sie rannte über den Schulhof zum Hortgebäude, flitzte in den Hortraum und rümpfte die Nase.

Was gab es denn heute zum Mittag? Es riecht ja so komisch. Elli sah sich um. Es waren auch noch keine Kübel mit dem Mittagessen im Raum. „Aber es riecht nach Käse", murmelte Elli vor sich hin. Schnuppernd näherte sie sich dem Stuhl mit ihrem Pullover. „Nein, der stinkt ja so", rief sie. „Das ist ja eklig". Elli rannte wieder hinaus und zog Frau Hortnerin mit sich zurück ins Zimmer. Auch sie verzog das Gesicht. „Hm, Elli, das tut mir leid, aber nun geht es nicht anders. Es ist ja schönes Wetter und wenn Du nun draußen fertig strickst, dann stinkt es ja nicht so sehr". Ellis Schreck verwandelte sich in leises Schluchzen. „Jetzt ist es ein Stinkepullover, bleibt das immer so? Dann will ich ihn gar nicht fertig machen".

„Nein Elli, das bleibt nicht so. Nach dem Waschen wird man gar nichts mehr davon riechen. Komm, wir gehen in die Sonne". Elli ging mit ihrem Käsepullover hinaus. „Weißt Du was?", sagte Frau Hortnerin, „Du kannst doch einen Westover stricken. Dann bist Du schon fast fertig und ich stricke Dir die Maschen dann ab. Was meinst Du?" Elli dachte nach. Sie wäre schneller fertig, jetzt ist es warm und sie könnte ihren Westover bald anziehen und sie müsste nicht mehr mit der Käse-wolle hantieren. „Oh ja, das machen wir".

In den nächsten Tagen beeilte sich Elli, Runde für Runde ihren Pulllover, der nun ein Westover werden würde, wachsen zu lassen. Und dann endlich war es geschafft. Das war wirklich viel Arbeit und so viel Zeit war vergangen. Nun bewunderte sie es noch viel mehr, wie schnell die Mama einen Pullover stricken konnte. Und Mamas, die hatten auch noch Muster und verschiedene Farben und – Ärmel.

Trotzdem freute sie sich, dass auch sie ihren Westover nun fertig mit nach Hause nehmen konnte. „Schau mal" rief sie ihrer Mama schon im Flur entgegen. „Ich habe meinen Pullover fertig". Stolz hielt sie ihn vor sich hin. „Oh, der ist aber schön geworden", lobte Mama. „Aber sag mal, was ist denn das für Wolle? Der Pullover riecht ja so komisch."

Nun erzählte Elli die ganze Geschichte und sie konnte über den Käse-Pullover, der nun ein Käse-Westover war auch schon lachen. Noch am gleichen Tag wusch die Mama den blauen Pullover und er roch überhaupt nicht mehr nach Käse.

Stolz zog Elli ihren Pullover-Westover zwei Tage später an und ging in die Schule. Sie fand ihn wunderschön, auch wenn er für den geübten Betrachter sehr ungleichmäßig gestrickt war. Große Maschen, kleine Maschen, mal fester, mal lockerer. Aber sie hatte ihn selbst gemacht. Sie hatte durchgehalten und sich auch vom Milch-Malheur nicht abschrecken lassen.

Der „blaue Pullover" wurde zu ihrem Lieblings-Kleidungsstück.

Erinnern Sie sich?

» Welches war Ihr schlimmstes Missgeschick?

» Können Sie stricken oder häkeln?

» Bei wem haben Sie das gelernt?

» Welches ist Ihre Lieblingsfarbe?

» Mögen Sie Stricksachen?

Über die Autorin:

Carmen Sabernak (Jahrgang 1958)
Schreibt am liebsten mit Blick auf das Meer oder auf ihrer Rosenbank im Familiengarten.

Aus der Reihe „Perlen unserer Erinnerung"
sind bereits erschienen:

„Hannas Weihnachtsengel"
erschienen 2013 im BoD Verlag

ISBN: 9783732280414
Preis: 5,00 Euro

„Begegnungen im Leben"
erschienen 2013 im BoD Verlag

ISBN: 9783732280889
Preis: 5,00 Euro

„Verlust und Wiederfinden"
erschienen 2015 im BoD Verlag

ISBN: 9783734745812
Preis: 5,00 Euro